MON PETIT FRÈRE EST UNE PASTÈQUE

Loi n° 49.956 du 16 juillet 1949 sur les publications
destinées à la jeunesse : septembre 2023
Dépôt légal : septembre 2023
Imprimé en France par Clerc
à Saint-Amand-Montrond

ISBN 978-2-211-33141-8

Laurent Rivelaygue

MON PETIT FRÈRE EST UNE PASTÈQUE

Illustré par Olivier Tallec

neuf
l'école des loisirs
11, rue de Sèvres, Paris 6e

H

Quand on est allés voir mamie à l'hôpital, maman était déjà très très enceinte, et j'allais bientôt avoir un petit frère. Je savais que c'était un petit frère parce que la dame qui avait la machine pour regarder dans le ventre de maman l'a dit pendant l'examen. Papa était content de le savoir, même s'il aurait préféré une fille, d'autant plus qu'il avait déjà un fils absolument fantastique, sans vouloir me vanter. Maman était furieuse de l'apprendre, parce qu'elle aurait préféré attendre le jour de la naissance pour avoir la surprise. Elle est bizarre, des fois, maman. Moi, les surprises, je n'aime pas trop ça parce qu'en général c'est un livre : si on m'offre un cadeau, je demande toujours ce que c'est avant de le déballer, et quand on me répond : « C'est une surprise ! » tu peux être certain que c'est un bouquin, alors que bien sûr j'avais commandé la panoplie de Belzébouk le diablotin de l'espace, avec ses petites cornes, sa cape noire et sa baguette magique en forme d'éclair. Je me demande ce qu'elle dirait, maman, si après l'accouchement la sage-femme lui disait : « Félicitations, madame, c'est un magnifique livre de 3,5 kilos… »

Mamie avait une toute petite voix, elle restait allongée dans une drôle de robe bleue, et avait un tuyau dans le bras. J'ai demandé si c'était parce qu'elle n'avait plus d'essence qu'on lui refaisait le plein, et elle a rigolé en acquiesçant, pendant que maman me faisait les gros yeux qui – je la connais par cœur – veulent dire « Jules, tiens-toi bien ou tu vas être privé de jeux vidéo pendant toute la semaine ». Alors je me suis gentiment assis dans un fauteuil et je me suis ennuyé de mon mieux. À un moment, mamie a dit de ne pas nous inquiéter, et de la laisser. Être ici, ce n'était vraiment pas marrant pour le petit (le petit, c'était moi, même si j'ai déjà la taille d'un enfant de dix ans alors que je n'ai que huit ans et demi). J'étais tellement d'accord avec elle que j'ai répondu qu'effectivement ce n'était pas marrant du tout, d'autant plus que j'étais en train de rater l'épisode de *Belzébouk le diablotin de l'espace*. Le seul moment plus pénible que j'avais vécu jusqu'alors, dans ma courte existence, c'était le jour où on nous avait servi des choux de Bruxelles à la cantine. Le pire, c'est qu'il y avait un téléviseur dans la chambre de mamie, mais la très vieille dame qui était dans le lit d'à côté avait décidé qu'elle était la cheffe de la télécommande, comme papa à la maison. Elle la tenait à deux mains, comme si j'allais la lui voler – j'avoue que j'y avais pensé – et regardait une émission où d'autres gens très vieux essayaient de former des mots avec des lettres mélangées, quand ils ne se mettaient pas tout à coup à faire des calculs avec des tas de chiffres… l’horreur! J’ai dit à la dame que sur une autre chaîne il y avait *Belzébouk le diablotin de l’espace*, qui était le dessin animé préféré des enfants, mais sans doute aussi des vieillards malades. Elle m’a fait chut avec le doigt, et j’ai senti les gros yeux de maman dans mon dos. J’ai ajouté que, si elle adorait autant les soustractions et les additions, j’avais une proposition: elle pouvait prendre ma place à l’école, dans la classe de Mme Brouillard, au troisième rang entre Kevin et Fatoumata, et me laisser ici avec la télécommande. Là, maman m’a entraîné par la main en me disant que ça suffisait, m’a obligé à faire un bisou à mamie en faisant bien attention à sa pompe à essence, et on est rentrés à la maison. Je me souviens qu’il faisait très chaud, que j’avais très soif, que maman, qui préférait sans doute déjà mon petit frère, avait refusé de m’acheter un soda parce que ça fait tomber les dents, et j’avais dû boire de l’eau tiède. Maman transpirait beaucoup et elle avait mal au ventre.

Moi, je n'étais pas enchanté d'avoir un petit frère, mais il paraît que c'est normal au début et que je l'aimerai plus tard. Tu parles... Déjà, j'allais devoir partager ma chambre. Tout était prêt, papa l'avait repeinte en bleu lavande parce que, d'après maman, c'était plus doux pour le bébé que le violet foncé que j'avais suggéré, la couleur de Belzébouk le diablotin de l'espace. Autant dire que mon avis ne comptait pas. On avait également acheté un lit à étage et je dormirais au-dessus de mon petit frère. Ça, j'en étais assez content : avoir une échelle pour monter me coucher, ça me faisait comme une cabane.

Mes parents avaient une vie tellement ennuyeuse que leur occupation principale était de se disputer pour choisir le prénom du petit alien qui allait bientôt rejoindre notre famille. Maman aimait les vieux prénoms comme Albert ou Raoul. Papa – je ne sais pas si c'était pour la mettre en rogne, pour plaisanter, ou s'il était juste bizarre – préférait des trucs comme Thor ou Chilpéric. Au début, j'avais participé. Je trouvais que le meilleur prénom du monde, c'était Jules, ce qui tombait très bien puisque c'était le mien, mais mon père m'avait expliqué que deux enfants de la même famille ne pouvaient pas porter le même, parce qu'on risquait de les confondre. Malheureusement pour eux, maman m'avait montré la photo de l'autre, prise dans son ventre, et je ne voyais pas du tout comment on pourrait se tromper : d'abord il était en noir et blanc et j'étais en couleurs, ensuite, alors que je ressemblais à un petit garçon normal, lui, c'était juste une sorte de ballon en forme de haricot accroché à une ficelle. De toute façon, j'avais décidé de l'appeler Bananiol. C'est le nom du chocolat en poudre que j'adore, j'en prends tous les matins au petit-déjeuner, et parfois aussi au goûter, sur une tartine beurrée, quand maman est au téléphone dans la pièce d'à côté et me dit

de manger une pomme. Bon, il y a une fois où ça ne s'était pas très bien passé, cette histoire de Bananiol au goûter, quand j'avais éternué en me préparant à croquer dans ma tartine. J'avais expédié de la poudre de chocolat dans toute la cuisine, hurlé « Oh, non ! » et maman avait débarqué dans la pièce en criant : « Mais qu'est-ce qui se passe ici ? » J'avais répondu sans réfléchir que le chat avait renversé la boîte de chocolat en poudre, et quand elle m'avait fait remarquer que nous n'avions pas de chat – ce qui était vrai –, je m'étais rendu compte que mon excuse était toute pourrie et j'avais été puni. Je déteste les chats, je n'en aurai jamais, on ne peut pas compter sur eux.

Pendant que mes parents cherchaient des prénoms, mamie a guéri tout d'un coup : ça avait super bien marché, l'idée de la remplir d'essence. Elle est sortie de l'hôpital et est venue habiter à la maison pour aider maman, qui était fatiguée par sa grossesse. C'était bien la peine de s'inquiéter… J'ai surpris mon père en train de dire à ma mère que c'était fou, c'était une résurrection. J'ai cherché sur internet: «résurrection», c'est quand on était mort et qu'on redevient vivant. J'avais une grand-mère géniale! Fatoumata et Kevin seront morts de jalousie quand je leur dirai que ma mamie est un zombie, comme ceux qui attaquent Belzébouk le diablotin de l'espace. Un jour, je les inviterai à la maison pour qu'ils la voient en vrai. La mort, j'y pense parfois, mais je me dis que j'ai le temps parce que je suis encore petit. Mais c'est quand même un truc bizarre qui fait un peu peur. Il y a sûrement quelqu'un qui a inventé la mort, mais ce jour-là, il aurait mieux fait d'aller au cinéma avec une petite glace et de se détendre un peu, parce qu'il a gâché l'existence de plein de gens.

Maman ne quittait plus son lit, et j'étais content que mamie soit là, parce que, même si c'est un zombie, elle est très gentille: elle me laisse regarder tous les dessins animés que je veux et c'est elle qui me fait les tartines de Bananiol quand maman me dit de manger une pomme. Et puis, un matin, quand je me suis levé, elle était toute seule avec moi dans la maison, et elle m'a annoncé que mes parents étaient partis à la maternité et que j'allais avoir un petit frère. Ensuite, tout a commencé à devenir étrange. Mamie était souvent au téléphone, et parfois elle se mettait à pleurer en tremblotant. Je me suis dit que quelqu'un avait dû lui apprendre que le père Noël n'existait pas et que c'étaient les parents qui faisaient les cadeaux. Parce que, moi aussi, ça m'avait fait pleurer, quand Kevin m'avait expliqué ça. C'est son grand frère, Kylian, qui a quatorze ans, qui lui avait fait cette révélation. Lui, je pense que ses parents l'ont baptisé comme ça en espérant qu'il devienne footballeur et multimillionnaire, comme Kylian Mbappé. Je crois que ça ne va pas se passer comme prévu, parce que Kylian ressemble à une grande asperge avec des boutons et des grosses lunettes, et il arrive à tomber tout seul en se marchant sur les pieds. Le seul truc chouette qu'il sait faire, c'est griller des fourmis avec une loupe, mais je ne sais pas si on peut gagner beaucoup d'argent avec ça. En attendant, mamie passait son temps à répéter « Ça va aller, ça va aller », et elle a même oublié de m'emmener à l'école. Le soir, quand je me suis couché, mes parents n'étaient toujours pas revenus.

Ils sont arrivés tôt le lendemain matin, alors que j'avais encore du chocolat autour de la bouche. Papa soutenait maman, qui avait maintenant le ventre tout plat et qui pleurait, la tête baissée. Lui-même avait les yeux humides. Mamie a pris ma mère dans ses bras, elle a dit « Ça va aller, ça va aller », et personne ne s'occupait de moi. Quand j'ai demandé où était Bananiol, mon père s'est plié en deux pour se mettre à ma hauteur, m'a serré fort et m'a dit qu'il m'expliquerait, comme souvent, et moi je sais bien ce que ça veut dire : qu'il ne m'expliquerait rien du tout. Ou alors, peut-être qu'il attendait que je pose des tas de questions pour répondre à toutes d'un seul coup, quand j'aurai quarante-cinq ans, et ça prendra un mois entier. Ça va être les pires trente jours de ma vie... Et après, on s'étonne que les enfants ne veuillent pas grandir. Ensuite, il a ajouté « Ça va aller », comme mamie, et que je ne devais pas m'inquiéter, et moi, bien sûr, je suis comme tout le monde, quand on me dit ça, ça m'inquiète.

Pour le deuxième jour consécutif, je ne suis pas allé à l'école. Manifestement, mon petit frère, à peine arrivé, était reparti. Peut-être qu'il avait vu nos parents et qu'ils ne lui avaient pas plu, alors il avait dit au médecin que non merci, il ne rentrerait pas avec ces gens-là. Je ne sais pas ce qui se passe quand on est dans le ventre de sa mère. Peut-être qu'on se fait des idées, qu'on s'imagine que ça va être génial à la sortie, que son père, c'est Spiderman, que sa mère, c'est une magicienne qui transforme les choux de Bruxelles en gâteaux à la crème, et ensuite on est déçu. J'avoue que j'étais un peu angoissé, d'abord parce que mon frère s'était sauvé tout seul, si petit, sans rien connaître du monde qui l'entourait, ensuite parce que mes parents n'avaient pas l'air de beaucoup le chercher. L'après-midi, je l'avais passé à la fenêtre en espérant apercevoir Bananiol dans la rue. Je l'imaginais un peu perdu, flottant dans l'air au bout de sa ficelle, j'étais inquiet parce qu'il était parti si vite que j'étais sûr que papa et maman avaient oublié de lui dire de ne traverser que quand le petit bonhomme est vert.

Vers 16 h 30, je suis descendu pour goûter. Papa et maman dormaient dans leur chambre, enlacés. Dans le salon, mamie en faisait autant dans le fauteuil, la bouche ouverte, en imitant le bruit de la tondeuse à gazon de papa. Parfois, elle se mettait à dire, dans son sommeil « Ça va aller, ça va aller », comme si le fait de le répéter allait tout arranger comme par magie. Moi, je suis tellement mignon que j'ai pris la petite tasse de tisane qu'elle avait laissée sur la table pour aller la ranger dans la cuisine. Ensuite, j'ai voulu la mettre dans l'évier qui est très haut, et j'ai beau être grand pour mon âge, j'ai été un peu obligé de la lâcher et je l'ai entendue se briser en mille morceaux. Je sentais que ça allait être ma fête quand papa s'en apercevrait, alors moi aussi je me suis mis à dire « Ça va aller » une bonne vingtaine de fois, en espérant que, grâce à ça, la tasse allait se recoller toute seule. Je suis monté sur une chaise pour vérifier et bien sûr ça n'avait pas marché. Déçu, j'ai jeté les plus gros morceaux à la poubelle et j'ai fait disparaître les tout petits dans le trou avec l'eau du robinet. Avec un peu de chance, personne ne s'apercevrait de la disparition du récipient. C'est juste après que j'ai ouvert le frigo. À l'intérieur, il y avait une grosse pastèque et c'est là que j'ai compris. Bananiol n'était pas parti, mon petit frère était juste une énorme pastèque et mes parents l'avaient mis dans le frigo après sa naissance parce qu'ils en avaient honte. J'étais furieux et j'ai immédiatement décidé de le sauver et de m'occuper de lui, le pauvre, abandonné dans ce machin tout froid et sans lumière. Je l'ai porté tout d'abord et je l'ai ensuite fait rouler dans le couloir jusqu'à ma chambre, parce qu'il était vraiment lourd. Je l'ai poussé sous son lit en lui demandant de ne pas faire de bruit, pour ne pas attirer l'attention de nos affreux parents, qui n'hésiteraient pas à le remettre au frigo. J'étais fier de moi, c'était la deuxième bonne action de ma vie avec la fois où j'ai aidé Fatoumata à terminer ses concombres à la cantine pour qu'elle puisse avoir une deuxième ration de frites. Fatoumata déteste les concombres, moi je ne peux pas dire que j'adore ça, c'est comme croquer dans de l'eau à moitié molle et à moitié dure, mais j'aime bien Fatoumata et ça me faisait plaisir de l'aider.

Le soir, papa a commandé des pizzas, c'était la première bonne nouvelle de la journée. Le repas, c'était très bizarre, un peu comme une fête où tout le monde serait triste et où personne n'aurait faim à part moi, même si je pensais un peu à Bananiol, tout seul sous son lit. Au bout d'un moment, j'ai demandé, puisque mon petit frère était parti, si je ne pouvais pas avoir une panoplie de Belzébouk le diablotin de l'espace à la place, et papa a soufflé et répondu qu'on verrait.

En parlant de ça, il faut que je vous raconte un truc super, au cas où il y aurait des enfants de mon âge qui lisent cette histoire et qui ont comme moi envie de s'acheter des choses chères sans avoir d'argent. Comme par exemple une panoplie de Belzébouk le diablotin de l'espace à 34 euros alors qu'il ne reste que 15 centimes des 5 euros d'étrennes de mamie parce qu'on a dépensé tout le reste en bonbons. L'astuce, c'est de prendre la carte bancaire de son père dans son portefeuille pendant qu'il regarde un match de foot. Ensuite, il faut aller sur un site internet qui vend des panoplies et cliquer sur celle de Belzébouk le diablotin de l'espace. Sous la photo, il faut appuyer sur « ajouter au panier ». Là, le panier apparaît et il faut cliquer sur « terminer la commande ». Enfin, il faut taper sans se tromper tous les chiffres en relief sur la carte, le nom de son père qui est inscrit en dessous puis les trois chiffres au dos avant de cliquer sur « payer ». J'ai essayé, ça fonctionne vraiment jusqu'à cette étape, et j'étais très content de ma trouvaille, mais c'est à ce moment-là que ça s'est gâté, parce que j'ai appris que la banque envoyait immédiatement un message automatique sur le téléphone de mon père pour lui demander s'il était d'accord pour financer l'achat de 34 euros d'une panoplie de Belzébouk le diablotin de l'espace. En ce qui me concerne, mon père a surtout été d'accord pour me priver de jeux vidéo pendant une semaine. Ce message automatique, c'est un problème que je n'ai pas encore réussi à régler, mais je pense que si je trouve une solution je vais avoir une très belle vie. Je vous tiens au courant.

J'ai mangé une pizza entière, celle avec des merguez et des champignons, pendant que les autres se partageaient la seconde en soupirant. C'était beaucoup trop pour un seul repas d'un petit garçon comme moi, mais personne ne s'en inquiétait vraiment. Maman pleurait encore, mamie lui mettait la main sur l'épaule en disant « Ça va aller » et papa s'est levé pour ouvrir le frigo en demandant qui voulait de la pastèque. J'étais horrifié, je vivais avec des monstres prêts à dévorer leurs propres enfants, comme les ogres dans les contes. Quand il a vu que la pastèque n'était pas là où elle devait être, il a froncé les sourcils, persuadé de l'avoir rangée au frais, et il s'est rassis, soucieux, en grommelant qu'avec tout ça il ne savait plus ce qu'il faisait. J'étais soulagé, Bananiol était sauvé pour le moment, et il me tardait de le rejoindre dans ma chambre. C'est ce que j'ai fait à toute vitesse quand mamie, la tête dans un placard, a demandé si quelqu'un avait vu sa tasse à tisane.

J'ai tiré mon petit frère de sous le lit, ça n'a pas été facile, et je l'ai placé sur l'oreiller en le couvrant à moitié avec la couette, pour qu'il ait bien chaud. Je l'ai bien sûr félicité d'être aussi sage, mais, en le regardant attentivement, je sentais qu'il lui manquait quelque chose. Je suis allé chercher mon plus gros feutre et je lui ai dessiné des yeux et une bouche, c'était beaucoup mieux comme ça. Avant qu'on s'endorme, je lui ai montré un de mes épisodes préférés de *Belzébouk le diablotin de l'espace*: celui où il se fait attaquer par une huître cosmique. Ça fait un peu peur mais ça se termine bien, puisque, à la fin, l'huître et Belzébouk deviennent amis, font fortune en vendant des colliers de perles et s'achètent une piscine à vagues et des tongs. J'imagine que c'est peut-être un peu bizarre pour un bébé que l'une des premières choses qu'il voie de sa vie, à part l'intérieur d'un frigo, ce soit une huître en tongs, mais d'abord c'est mon petit frère et je fais ce que je veux, et ensuite on a tout le temps pour découvrir des choses plus utiles, comme la petite vidéo géniale que j'avais vue la semaine précédente, qui explique comment se fabriquer de fausses crottes de nez violettes avec de la mie de pain et de la betterave.

Ensuite, j'ai eu un peu de mal à m'endormir. Je n'arrivais pas à comprendre mes parents. Bon, c'est vrai, quand j'y pense, que ça doit être un peu décevant de s'apercevoir que le fils qu'on attend depuis des mois est en fait une pastèque. Mais de là à l'abandonner dans un frigo et à vouloir le manger… C'est scandaleux. Ils auraient au moins pu apprendre à le connaître avant de le rejeter. Franchement, des bébés, j'en avais déjà vu plusieurs, c'était horrible : ça bavait, ça criait, ça avait toujours faim, il fallait tout faire à leur place, les laver, les changer, non merci. Bananiol, lui, il était tranquille, silencieux, il ne faisait pas de caprice – le petit frère idéal.

Le lendemain, je me suis levé très tôt pour ranger Bananiol sous le lit. Je lui ai expliqué que je ne serais pas beaucoup présent aujourd'hui, parce qu'on était samedi et que j'étais invité à l'anniversaire de Kevin, mon meilleur copain avec Fatoumata, mais que je serais de retour le soir et qu'on dormirait ensemble. Personne n'avait vraiment le courage de m'accompagner chez Kevin, et j'ai répondu que de toute façon c'était tout près et que j'étais grand maintenant, je pouvais très bien y aller tout seul à pied. À ma grande surprise, ils m'y ont autorisé, et maman m'a confié le cadeau emballé qu'elle avait acheté pour Kevin. J'ai demandé ce que c'était et elle a répondu que c'était une

surprise. Quelle tuile, un livre ! Je sentais que notre vieille amitié de deux ans avec Kevin n'allait pas durer.

La maman de mon copain m'a serré très fort dans ses bras et a dit aux autres qu'il fallait être très gentil avec moi. Je pense qu'elle avait eu l'information sur le départ de mon petit frère, mais elle ne savait pas que je l'avais retrouvé et qu'il était maintenant en sécurité sous notre lit. Fatoumata est venue vers moi et m'a demandé en chuchotant près de mon oreille si mon frère était né. Je lui ai répondu que oui, qu'il s'appelait Bananiol, mais qu'il n'était soi-disant pas rentré à ma maison, je crois bien que mes parents ne l'aimaient pas comme un papa et une maman doivent aimer un fils. Heureusement, je l'avais retrouvé dans le frigo et je m'occupais de lui maintenant. Elle a eu l'air interloqué. Elle, elle ne saurait pas comment faire avec un bébé. J'ai un peu menti, je lui ai dit que j'avais appris en lisant des tas de gros bouquins et qu'en ce moment je lui apprenais à marcher et à enlever la peau du saucisson. Elle était épatée.

Ensuite, la maman de Kevin a organisé un jeu un peu ennuyeux et fatigant : il fallait tourner autour de chaises pendant qu'elle passait de la musique nulle, et s'asseoir dès que la musique nulle s'arrêtait. Sauf qu'il y avait une chaise de moins que de participants, et celui qui restait debout était éliminé. À la fin, pour le dernier tour, il ne restait plus qu'une chaise et deux adversaires. Le jeu n'avait pas duré longtemps, à cause de Christian, qui avait compris que c'était une fête costumée et qui n'arrivait pas à s'asseoir avec son déguisement de pomme de terre. Il s'était alors mis à pleurer et à trépigner, parce qu'il était toujours éliminé le premier. Quel mauvais joueur…

La suite, c'était évidemment l'heure du gâteau. La maman de Kevin était catastrophée parce qu'il était complètement raté. Kevin était un peu peiné et il a parié qu'il serait bien meilleur qu'il n'en avait l'air. Christian a dit qu'il était tout dégoulinant, ce gâteau, et qu'il n'en voulait pas parce qu'il était hors de question qu'il salisse le costume de pomme de terre qu'il avait emprunté et qu'il devait rendre tout propre. Fatoumata, qui est trop gentille, a rétorqué qu'on sentait bien que ce gâteau avait été fait avec amour. À ce moment-là, j'ai pensé que l'amour, je ne savais pas vraiment ce que c'était, mais que ça devait sûrement ressembler de très près à de la crotte de chien, et comme tout le monde avait l'air décidé à donner son avis sur le gâteau, j'ai décidé d'y aller également de mon petit compliment. J'ai dit à la maman de Kevin que je n'allais pas en prendre non plus, mais qu'il ne fallait pas qu'elle se vexe, ça n'avait rien à voir avec le fait que son gâteau ressemblait à un vieux pneu crevé, c'était juste parce que, la veille, j'avais mangé trop de pizza aux merguez. Elle doit être très susceptible, parce qu'elle s'est vexée quand même, et elle m'a remercié avec un sourire crispé.

Tout le monde en a mangé sauf moi, y compris Christian, que le père de Kevin avait emballé, avec son costume de pomme de terre, dans une bâche en plastique pour ne pas qu'il se salisse. C'est à ce moment-là qu'est arrivé Kylian, le grand frère de Kevin, il a tapé dans ses mains en criant que c'était l'heure du grand tournoi de football, puis il a voulu faire un pas, a marché sur ses lacets défaits, s'est étalé de tout son long sur le carrelage, s'est cogné à une chaise et a cassé ses lunettes en deux. La mère de Kylian et Kevin s'est affolée, la fête tournait vraiment à la catastrophe, et je pensais à Bananiol, tout seul sous son lit. J'ai dit que je devais y aller et personne ne m'écoutait, alors je suis parti, mais Fatoumata m'a rejoint dans la rue. Elle voulait savoir quand elle pourrait passer voir mon petit frère, et je lui ai proposé de le lui amener le lendemain, dans notre endroit secret, sur le terrain vague où nous avons l'habitude de nous retrouver avec Kevin pour échafauder les plans qui vont nous permettre de devenir présidents de la République (Fatoumata et moi, on sera coprésidents, Kevin sera ministre de la barbe à papa) afin de transformer le pays en gigantesque parc d'attractions gratuit.

En chemin, je pensais à mon petit frère, j'allais avoir plein de choses à lui raconter, alors que lui, le pauvre, avait passé sa journée sous le lit à regarder le sommier. Bon, c'était temporaire, bientôt mes parents allaient revenir à la raison et l'aimer comme leur enfant, même s'il faut avouer qu'il est un peu différent.

La nuit s'était bien passée, nous nous étions endormis en regardant un nouvel épisode de *Belzébouk le diablotin de l'espace*, celui où il aide la lune qui se sent toute nue à se tricoter un petit slip avec la laine des moutons des étoiles qu'il capture avec son filet de lumière. J'étais content de participer à l'éducation de mon petit frère. En deux jours, il avait déjà vu une huître en tongs et la lune en slip. Dans peu de temps, il serait prêt à affronter le monde.

Tous les dimanches, à midi, on mange du poulet avec des patates sautées et des haricots verts. C'est la tradition, et les traditions, il faut les respecter, même si je ne suis pas totalement contre l'idée de les faire évoluer, par exemple en supprimant les haricots verts. Mais ce dimanche-là, il y avait trois problèmes. Le premier, c'est que maman était très fatiguée et je voyais bien qu'elle n'avait pas du tout envie de faire la cuisine. Le deuxième, c'est que la seule recette que maîtrisait vraiment papa, c'était celle des sandwichs au jambon. Le troisième, c'est que mamie, qui avait décidé de s'occuper du repas, n'avait manifestement pas été mise au courant de la coutume familiale et préparait des épinards à la crème. Quand elle a vu ma tête, mamie a essayé de me persuader que ça allait être très bon. Je lui ai suggéré de faire la même recette en remplaçant les épinards par du steak haché et la crème par des frites, elle a souri mais je n'ai pas réussi à la convaincre. Entre ma mère qui était tout le temps inquiète, mon père qui voulait manger mon petit frère et ma grand-mère qui essayait de m'empoisonner, je peux vous assurer que ce n'était pas le meilleur week-end de ma vie, et il me tardait de rejoindre Kevin et Fatoumata dans notre endroit secret.

En sortant de table, j'avais encore une grosse boule d'épinards dans la bouche que j'essayais de cacher entre mes dents et ma joue, mais ça se voyait un peu. Mamie m'avait dit qu'il fallait tout bien manger, on ne devait pas gâcher la nourriture parce qu'il y avait plein d'enfants dans le monde qui ne mangeaient pas à leur faim et qui seraient bien contents d'avoir des épinards pour se nourrir.

Je suis monté dans ma chambre, j'ai rangé Bananiol dans mon sac de sport et je suis sorti retrouver mes amis. En chemin, j'ai enterré ma boulette d'épinards au pied d'un arbre, et j'ai dessiné un plan, comme une carte au trésor, pour qu'un enfant affamé puisse la retrouver. Encore une bonne action, j'étais vraiment un petit garçon merveilleux. Je me suis dit que si un jour je mourais, même si je pense que ça n'arrivera jamais, on m'accueillerait au paradis avec une fanfare, des saladiers de bonbons et tous les jeux vidéo du monde, tellement j'étais mignon.

Fatoumata et Kevin étaient déjà là, juste à côté de la cabane que nous n'avions pas encore construite parce que nous n'étions pas d'accord sur les plans : Kevin voulait une piste de skateboard dans le salon alors que je préférais une piscine olympique. Quant à Fatoumata, elle voulait y accueillir des animaux malades, et ça, il n'en était pas question, parce qu'ils allaient mettre plein de poils dans le bassin.

Fatoumata m'a demandé où était mon petit frère et elle a pris un air inquiet quand je lui ai répondu qu'il était dans mon sac. J'ai ouvert la fermeture et j'ai extirpé Bananiol de son refuge. Il y a eu un long silence alors que je le tenais dans mes bras face à eux. Kevin a parlé le premier : il ne s'attendait pas à ce qu'il soit de cette couleur, et c'est vrai que le vert, ce n'est pas une couleur habituelle pour un bébé. Mais j'ai rétorqué qu'il fallait accepter les autres avec leurs différences. D'ailleurs, Fatoumata n'était pas non plus de la même couleur que nous, et c'était tout de même notre meilleure amie. C'était peut-être notre meilleure amie mais, à ce moment-là, elle restait plantée comme un piquet, les yeux écarquillés, sans un mot. Et puis elle a tout de même dit qu'heureusement qu'il avait une bouche et des yeux, parce que, sans ça, il ressemblerait tout à fait à une pastèque. C'étaient mes amis et je ne pouvais pas leur mentir, j'ai fini par avouer que les yeux et la bouche, c'était moi qui les avais ajoutés au feutre. En fait, Bananiol, mon petit frère, était vraiment une pastèque. Et le fait qu'il soit une pastèque,

c'était sans doute la raison pour laquelle mes parents avaient voulu me faire croire qu'il était parti. Ils avaient honte de lui, et moi, j'avais honte d'eux. Mais j'étais là, et moi, je ne le laisserais pas tomber !

Ensuite, c'est devenu un peu embarrassant, cette situation : on restait là face à face, moi avec mon petit frère dans les bras et eux tout empruntés, sans savoir comment réagir. C'est vrai qu'avec un nouveau-né les gens font plein de trucs : ils prononcent des mots bizarres comme « Ça vaaaa ? » « gouzi gouzi », ou « agaaa agaaa », ils attrapent sa petite main, ils lui caressent le front, veulent le prendre dans les bras, disent qu'il est trop mignon ou que c'est tout le portrait de sa mère ou de son père. Parfois même, ils trouvent que c'est fou comme il ressemble à son frère au même âge, mais avec une pastèque, franchement, il n'y a rien à faire. Kevin a fini par dire qu'il allait y aller parce que c'était l'heure du goûter et qu'il restait du gâteau de la veille, celui de son anniversaire.

Là, j'ai compris que lui non plus n'était pas très intéressé par Bananiol, puisqu'il était prêt à nous abandonner pour une part de l'horrible pâtisserie cramée de sa mère. On s'est séparés, j'ai remis mon frère dans le sac et je suis rentré à la maison, un peu dépité.

Le soir, pendant le repas, maman a dit que je devais me coucher tôt, parce qu'il y avait école le lendemain. J'avais presque oublié que je devrais y retourner un jour. Papa a ajouté qu'il faudrait que je range ma chambre parce que, mardi, une dame viendrait faire le ménage, pour nous soulager, parce qu'on était fatigués et qu'on avait autre chose à penser. Catastrophe ! La femme de ménage allait certainement trouver Bananiol, en parler à mes parents qui le remettraient au frigo, le pauvre… Dans mon lit, j'ai expliqué à mon petit frère qu'il faudrait sûrement déménager dès le lendemain, et franchement, ça n'a pas eu l'air de le traumatiser. Je n'avais jamais vu un petit enfant aussi tranquille. On s'est endormis sans même regarder un épisode de *Belzébouk le diablotin de l'espace*, alors que j'avais prévu de lui montrer un de mes préférés : celui où le héros se fabrique un lasso en faisant des nœuds à 6 000 vers de terre pour capturer une taupe carnivore qui menace toutes les réserves de croquettes au poulet de la planète – un chef-d'œuvre.

Le lendemain, à l'école, j'ai dû donner à madame Brouillard, notre maîtresse, un mot de mon père pour excuser mon absence ces deux derniers jours. Je ne l'avais pas lu mais je me doutais de ce qu'il contenait : « Madame Brouillard, veuillez excuser l'absence de Jules jeudi et vendredi car nous avons dû nous rendre à l'hôpital pour la naissance de son petit frère. L'enfant étant une pastèque, nous l'avons mis au frigo avant qu'il ne disparaisse, et vous comprendrez que notre famille est un peu perturbée. En ce qui concerne les devoirs à rattraper, merci d'en donner la liste à Jules, nous ferons le nécessaire.» Mme Brouillard a lu la lettre, a bougé ses sourcils derrière ses grosses lunettes qui lui faisaient une tête de panda et n'a rien dit, comme si tout était très normal. Je suis allé m'asseoir, un peu étonné, entre Fatoumata et Kevin qui avaient l'air content de me voir mais n'ont rien dit non plus. Mme Brouillard nous a fait faire des exercices de mathématiques où il fallait calculer en combien de temps la baignoire serait pleine à cause d'un robinet qui fuyait goutte à goutte. Papa avait beau me répéter que l'école, c'était important, et que ça servait quand on était adulte, là, ça m'échappait complètement. Les adultes, quand un robinet fuit, ils ne calculent pas en combien de temps se remplit la baignoire, ils appellent un plombier et puis c'est tout. Je me suis mis à penser à Bananiol seul sous son lit, et à comment faire pour éviter qu'il ne soit découvert par la femme de ménage, quand Mme Brouillard m'a demandé le résultat de mon calcul. J'ai été un peu surpris et j'ai répondu au hasard que la baignoire serait pleine au bout d'environ trois ans, et tout le monde a rigolé parce que la bonne réponse était deux heures trente-six. Elle a été plutôt gentille parce qu'elle a dit aux autres qu'il ne fallait pas se moquer de ses camarades qui avaient des difficultés. La sonnerie de la récréation a retenti à ce moment-là. C'était un peu une délivrance pour tout le monde.

J'en ai profité pour fomenter un plan de sauvetage de Bananiol, avec l'aide de Kevin et de Fatoumata. Ces derniers m'attendront sous la fenêtre de ma chambre quand tout le monde sera endormi. Je leur passerai Bananiol avant de sauter à mon tour tel un petit cabri, ce qui sera assez simple puisque ma chambre est au rez-de-chaussée, et nous l'amènerons dans la cabane au fond du jardin, celle dans laquelle papa range le barbecue, ses outils et la tondeuse à gazon. Ce sera une bonne planque, au moins jusqu'au week-end.

L'après-midi était consacré au sport et Mme Brouillard avait décidé qu'aujourd'hui ce serait football. Moi, je détestais ça, d'abord parce que j'avais une technique que ne comprenaient pas mes coéquipiers et qui consistait à régulièrement taper à côté du ballon pour tromper l'adversaire. Du coup, personne ne me voulait dans son équipe et j'étais toujours le dernier à être choisi. En général, Mme Brouillard s'asseyait dans un coin en lisant un livre et nous laissait nous disputer pour des histoires de fautes, d'arbitre incompétent ou de hors-jeu imaginaires. Quand ça tournait vraiment à la bagarre, elle se levait, nous séparait, nous disait que, vraiment, on ne pouvait pas nous faire confiance pour jouer sans conflit. Ensuite, on rentrait en silence et elle nous faisait faire une dictée très difficile pour nous punir. On n'en était même pas arrivé là, puisque, quand Marcel a été obligé de me choisir, comme j'étais le dernier, il a dit que c'était chaque fois la même chose, qu'il n'était pas

question de m'avoir encore dans son équipe, parce que je jouais comme une pastèque. Mon sang n'a fait qu'un tour et je lui ai mis une gifle, qu'il m'a rendue, et il s'est mis à pleuvoir. Le match n'avait même pas eu le temps de commencer et la dictée a été très très longue.

Le soir, mon petit frère et moi avons attendu les autres en regardant quelques épisodes de notre héros préféré. Vers 23 heures, alors que la maison était silencieuse, j'ai entendu gratter à mes volets : c'étaient mes amis, fidèles au poste, je savais que je pouvais compter sur eux. J'ai ouvert, mais seule Fatoumata était là. Elle m'a expliqué qu'elle était passée chercher Kevin puisque sa maison était sur son chemin, et que cette andouille lui avait ouvert déguisé en Batman. C'était un costume de son frère qui était beaucoup trop grand pour lui, ça le faisait ressembler à une bouée à moitié dégonflée. Il avait levé le poing en criant qu'il allait réparer toutes les injustices du monde. Elle lui avait intimé l'ordre de se taire avant qu'il ne réveille tout le quartier. En partant, il avait marché sur sa cape et s'était étalé de tout son long dans les pots de fleurs de la terrasse. Ça avait fait un énorme bruit, plusieurs pots s'étaient cassés, une lumière s'était allumée dans la cuisine, et Fatoumata avait juste eu le temps de se cacher avant que le père de Kevin ne découvre son fils dans les débris, couvert de terre, avec un géranium sur la tête. L'air très en colère, il avait fait rentrer Kevin et avait claqué la porte. Je pense que mon ami n'était pas près de retoucher une manette de jeux vidéo de sitôt. Tant pis, on se débrouillerait sans Batman. J'ai disposé ma chaise près de la fenêtre et je suis monté dessus en tenant Bananiol emmitouflé dans une couverture. Je l'ai délicatement passé à Fatoumata qui a failli s'écrouler sous le poids de mon petit frère mais a finalement réussi à le déposer par terre sans heurt, et j'ai sauté à mon tour sur la terrasse. Nous avions une petite brouette pour le trimballer dans le jardin, je la poussais pendant que Fatoumata essayait de la maintenir dans une relative stabilité. Je n'avais pas envisagé qu'il ferait aussi noir, quelques nuages cachant la lueur de la lune, et nous avancions à tâtons vers la cabane. Je n'avais pas non plus envisagé que la pluie qui était tombée toute la journée continuerait mollement et qu'elle ramollirait considérablement le terrain. Et ce qui devait arriver est arrivé : alors que nous parvenions péniblement au milieu du jardin, la roue de la brouette s'est subitement enfoncée dans une partie plus boueuse et nous ne pouvions plus avancer. Nous nous y sommes mis à deux, l'un de nous tirait pendant que l'autre poussait, mais rien à faire, nous n'avancions plus et nous étions trempés, c'était une catastrophe... Nous commencions à nous désespérer quand, tout à coup, Batman a surgi de derrière un arbre. Il s'est mis face à nous, les bras croisés, en disant : « Alors les cocos, on a des ennuis ? » Nous avons sursauté tout d'abord, et puis, la surprise passée, je peux vous assurer

que voir un superhéros débarquer comme ça, alors qu'on a un sacré problème, c'était à la fois une grande fierté et un gros soulagement. L'excitation est cependant assez vite retombée, parce que Batman avait des lunettes de vue recollées avec du scotch, et nous étions un peu déçus quand nous avons reconnu Kylian. Il nous a expliqué que son frère lui avait tout raconté et qu'il était privé de sortie. Kylian avait alors décidé de le remplacer et de nous venir en aide. Manifestement, son frère ne lui avait pas tout expliqué, parce que, quand il a soulevé la couverture pour découvrir Bananiol, il a blêmi et prononcé très lentement les mots suivants: «Mais... ce n'est pas... C'est... une pastèque...» J'ai dû expliquer pour la millième fois que oui, Bananiol était une pastèque, mais que ça ne m'empêchait pas de l'aimer, et puis, de toute façon, ça avait peut-être l'air bizarre, mais la même semaine j'avais appris que ma grand-mère était un zombie, donc je n'étais plus à ça près. De mauvaise grâce, Kylian a accepté de nous aider. Il voulait transporter mon petit frère dans ses bras jusqu'à la cabane, mais je me méfiais de lui. J'ai juste accepté qu'il le porte le temps que nous dégagions la brouette, et c'était reparti. J'avais bien fait parce qu'une fois de plus Kylian est tombé en route, sans qu'on en connaisse vraiment la raison. J'avais encore sauvé mon petit frère, et notre faux Batman était furieux parce que son beau costume était couvert de boue. Pendant qu'il râlait, nous avons installé Bananiol sous l'établi de mon père, ça lui faisait comme un petit berceau, je l'ai emmitouflé dans sa couverture et lui ai recommandé d'être bien sage et de ne pas faire de bruit, lui promettant que la situation n'était que temporaire et qu'il retournerait bientôt avec moi dans son lit. Kylian parlait tout seul, il disait que Batman était un gros nul parce qu'il ne pouvait pas voler, Superman, c'était autre chose, lui il ne tachait pas ses habits en tombant comme un gros paquet dans la boue. Il ronchonnait toujours quand nous nous sommes séparés, et je l'ai regardé s'éloigner avec Fatoumata avant de regagner ma chambre, soulagé.

Soulagé, je ne l'ai pas été longtemps, parce qu'au petit-déjeuner mamie a débarqué, un peu embarrassée, avec la poignée de la porte des toilettes à la main, en disant que ça coinçait et qu'elle avait dû tirer un peu fort. Papa a soupiré et maman lui a demandé de réparer ça. Il a répondu qu'il s'en occuperait ce soir, en rentrant du travail, et elle lui a fait les gros yeux, ce qui – je la connais par cœur – veut dire « Mais enfin, on va pas passer la journée sans porte aux toilettes, dépêche-toi de réparer ça immédiatement ». Papa a avalé son café, s'est levé en marmonnant qu'il allait être en retard à son travail et s'est dirigé vers le jardin pour aller chercher ses outils. Décidément, je n'avais pas de chance, il allait découvrir Bananiol, et je n'osais pas imaginer ce qui se passerait ensuite. Je lui ai couru après dans le jardin et je l'ai poussé quand il a ouvert la porte pour entrer avant lui. Il s'est demandé ce qui me prenait, il a dit qu'il n'avait pas le temps de jouer, il devait réparer cette poignée de porte avant de partir, alors franchement, ce n'était pas du tout le moment de faire les andouilles. Et puis son regard a été attiré par la forme sous l'établi. Il s'est penché, a soulevé la couverture et s'est redressé. Alors je me suis interposé entre lui et mon petit frère, je lui ai crié qu'il ne devait pas toucher à Bananiol, que j'avais tout compris, qu'il allait le remettre au frigo et peut-être même le manger, et moi j'allais l'en empêcher, parce que, même si mon frère était une pastèque, je l'aimais, j'étais même le seul dans cette famille, et je m'étais occupé de lui ces derniers jours. J'étais très en colère et j'avais les larmes aux yeux. Alors papa a levé les yeux au ciel et a dit qu'il fallait qu'on discute. Il m'a accompagné sur le banc, m'a passé le bras autour du cou et m'a demandé si je pensais réellement que mon petit frère était une pastèque. J'ai répondu que bien sûr, puisque le jour où le ventre de maman était devenu tout plat, la pastèque était apparue dans le frigo, alors que Bananiol n'était nulle part. Papa a souri et m'a dit que, d'abord, il ne s'appelait pas Bananiol mais Colin, et qu'il n'était pas nulle part puisqu'il était à l'hôpital dans une couveuse. Je suis resté bouche bée, en imaginant mon frère comme un œuf attendant d'éclore sous une poule, j'étais tellement sidéré que je n'ai même pas pu dire que Colin, c'était un prénom de poisson pané et que c'était complètement ridicule. Papa a alors expliqué que la pastèque, il l'avait achetée au marché, que c'était une vraie pastèque, verte dehors et rouge dedans, avec des pépins. Colin, lui, avait eu un petit problème de santé à la naissance, c'est pour ça qu'ils étaient tous inquiets au début, et qu'ils n'ont pas voulu m'en parler tout de suite, et d'ailleurs papa pensait que je l'avais compris. Mais là ça allait beaucoup mieux, il serait probablement avec nous dans moins d'une semaine et tout allait rentrer dans l'ordre. J'ai demandé s'il avait failli mourir, et mon père a acquiescé, et là j'ai été content parce que j'ai pu dire que c'était comme une résurrection, ce n'est pas toujours facile de placer dans une conversation les nouveaux mots compliqués que l'on vient juste d'apprendre, et papa a rigolé franchement. C'est quand même dingue, cette famille, on est cinq dont deux zombies. Mes amis ne vont pas en croire leurs oreilles quand je vais leur raconter ça. J'étais soulagé pour Colin et impatient de le voir enfin bientôt, mais je ne savais pas que c'était possible de mourir tout petit, je pensais que ça n'arrivait que quand on était très vieux, et puis même, la mort, je trouvais ça complètement nul et scandaleux, je ne me suis pas gêné pour le signaler à papa. Il a semblé réfléchir et a dit qu'en fait ce n'était pas si mal, parce que savoir qu'on allait mourir un jour, ça obligeait à profiter de chaque moment de la vie, si ça n'avait pas de fin, on ne ferait pas grand-chose, on pourrait par exemple ne faire que rêvasser sur notre lit en pensant qu'on a le temps pour tout et se laisser aller. Je n'ai pas osé répondre que ça ne me paraissait pas si mal comme programme, moi qui projette d'annoncer bientôt à mes parents que je n'irai pas à l'école aujourd'hui mais plutôt l'an prochain. Et puis papa s'est levé, a pris sa trousse à outils et a dit qu'à propos de ne pas se laisser aller il devait réparer cette poignée de porte vite fait, qu'il était content qu'on ait eu cette conversation de grands tous les deux et qu'encore une fois je ne devais pas m'inquiéter, Colin allait rentrer à la maison et notre famille allait être réunie bientôt, que peut-être un jour j'aurais d'autres frères et sœurs, et qu'enfin j'étais un petit garçon formidable qui comprenait tout. Bon, ça, je le savais déjà, sans vouloir me vanter. Il s'est éloigné vers la maison et je suis resté tout seul sur le banc, en me disant que je n'étais pas contre le fait d'avoir d'autres frères et sœurs, mais que, cette fois, j'espérais que ce serait des pamplemousses ou des petites pommes, parce que, avec les pastèques, j'allais sérieusement manquer de place dans ma chambre.